謝曬皮

序

呢本書寫於伊斯坦堡，半年前喺呢度我經歷咗一次靈魂出竅嘅體驗，身體喺半空有意識咁飄浮，並隨意回頭望自己熟睡嘅肉身。嗰次體驗之後，我間中發到清醒夢，可以喺夢中自由活動，掌控夢境嘅發展同情節，隨心所欲，自此之後現實生活真係變得好無聊。

今次返嚟土耳其真係好想再出一次竅，睇吓可以去到幾遠 ...... 後來知道我哋喺夢中會處理日間嘅情緒事件同埋經歷，通過夢境嚟釋放自己內心情感同壓力。講真都唔知排解到幾多，但我的確喺做夢前後 work on 咗自己一直以嚟嘅一啲創傷同情感缺失 ......

瑠璃係一種帶有神秘色彩嘅半透明玻璃質寶石，象徵著幸福同吉祥，但“留”同“離”嘅氛圍令到呢個字更加玄妙， 就好似一種變幻莫測嘅情緒，難以捉摸；同清醒夢一樣，時能掌握，時又含糊。但喺呢種精神狀態下，竟然令我可以喺安全距離下去探索自己，進而探索其它人嘅世界。

同大家講聲抱歉嘅係本書內容一啲都唔好笑，想睇好笑內容睇返我IG日常囉，但如果唔介意睇下我另一面嘅，歡迎你進入我夢鄉。

謝曬皮

本故事部分內容純屬虛構
如有雷同實屬不幸

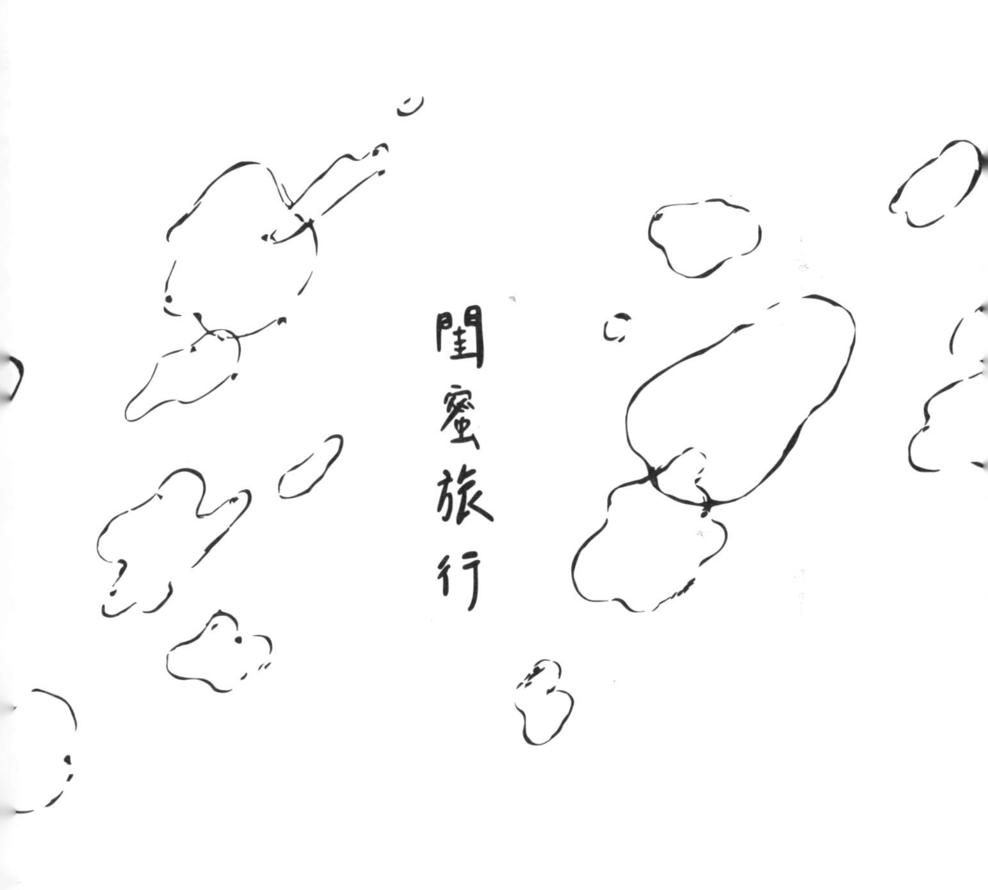

閨蜜旅行

到嚕

我要食一百碟生蝦！
真。香港食好貴

喂BB？到咗泰國啦

EXIT

其實你驚唔驚俾人捉去KK園？

รับกระเป๋า
Baggage Claim
19
你唔驚啦你個樣好安全
頂你！

Mr.Chetchai
Kelly
Wa
我哋呀！

泰國毒后
Jenny
welcome to Huah

泰國毒后
Jenny
welcome to Huah
A

你識講泰文真係好

溝泰仔靠你啦

我泰文有限公司咋，
乜你唔係同阿豪好好咩？

係，so what?

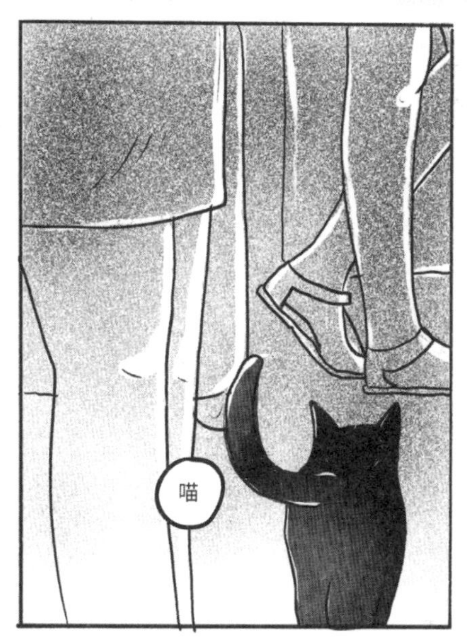
喵

好有泰式風情喎

7

中伏嗰師兄

係咪泰式貧民體驗呀依家

五星酒店住到悶啦講真

好有feel喎

收唔到電話！
世界末日！

夜晚都幾好風喎

開啲⋯

嘭！

做咩呀？

你見到咩呀？

咪嚇鬼啦⋯

可能眼花睇錯啫

我好似見到有人
吓！係咪非法入境者？

我頂

點瞓呀大佬

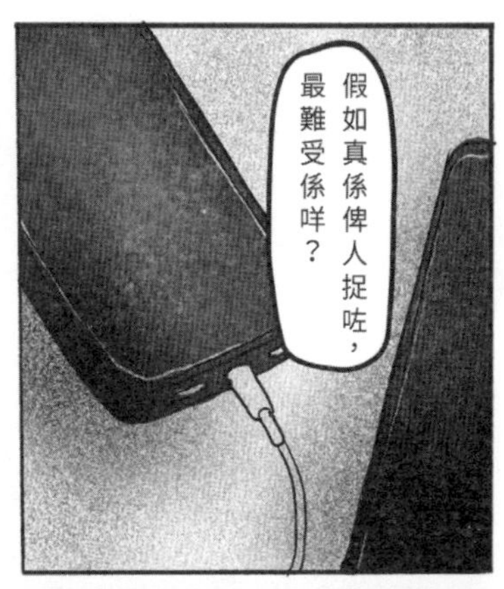
假如真係俾人捉咗，
最難受係咩？

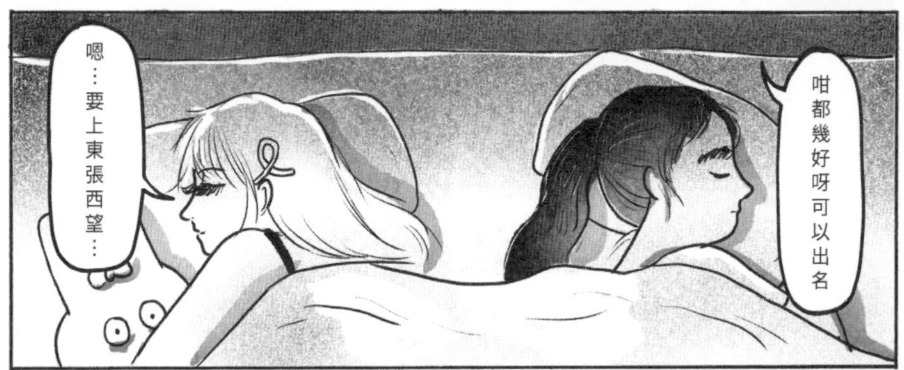
咁都幾好呀可以出名
嗯…要上東張西望…

你覺得呢？

嗯…唔知呀，屋企人
會好傷心囉。

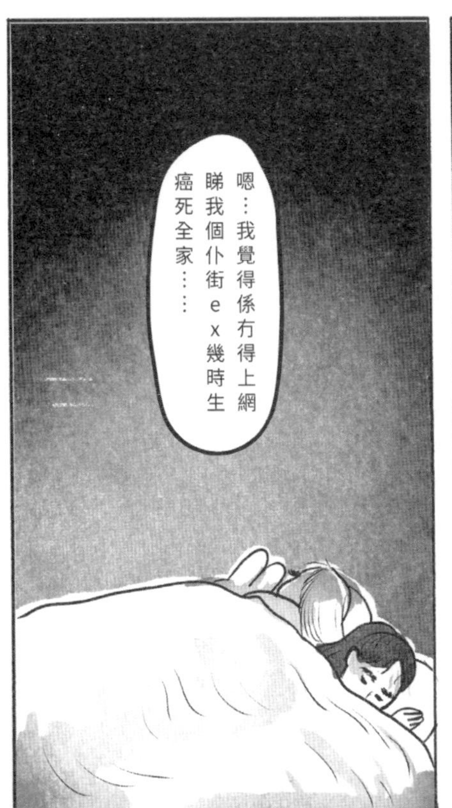
嗯⋯⋯我覺得係冇得上網
睇我個仆街ex幾時生
癌死全家⋯⋯

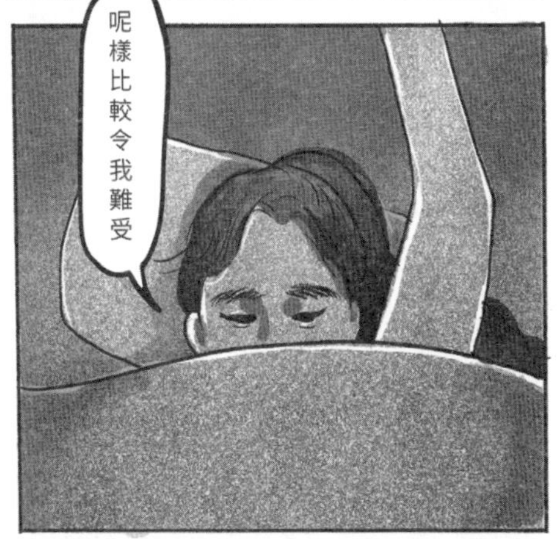
呢樣比較令我難受

呼嚕
呼嚕

早抖

翌日
key drop

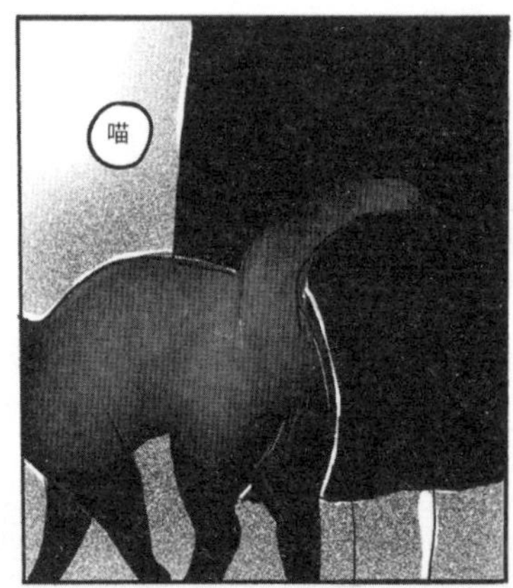
喵

咁準時嘅佢
嘻嘻

沙華地卡

咔嚓
佢好似怪怪哋咁
嘅你覺唔覺……

No photo!
No photo!
WTF

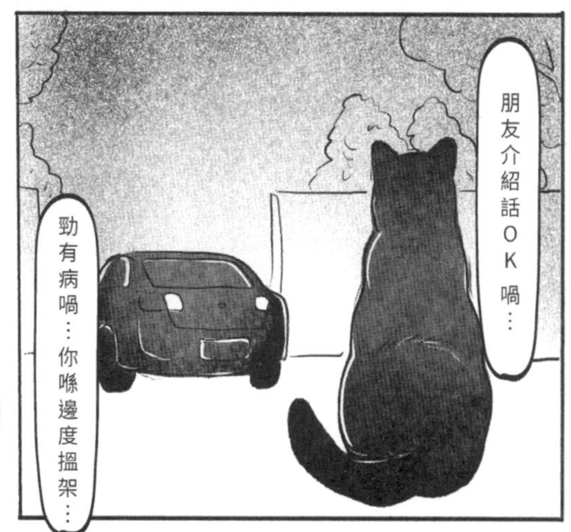
朋友介紹話OK喎……
勁有病喎……你喺邊度搵架……

Just show my friends.

วันนี้อากาศดี

ลูกชายของคุณเป็นยังไงบ้าง

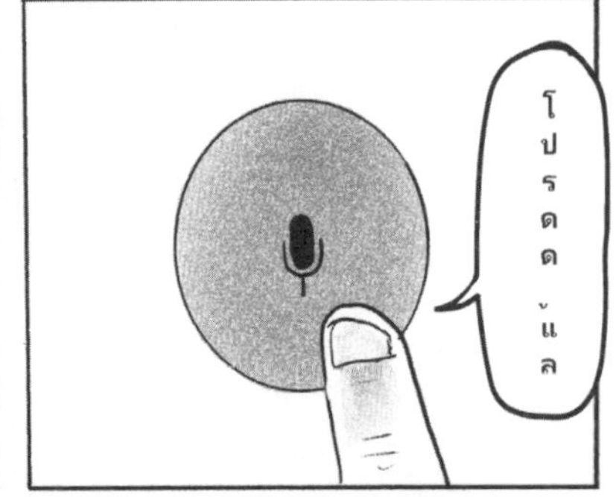
โปรดดูแล

โทรหาคุณเมื่อฉันมีเวลา

……

佢係咪同緊詐騙集團報告…

咪嚇鬼啦…

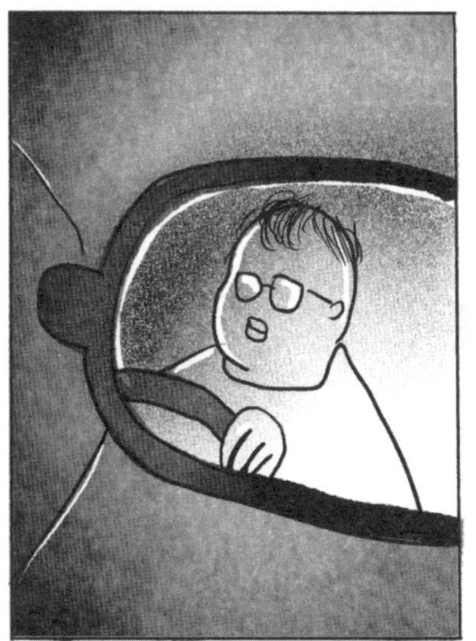

เสรี รุ่งสว่าง - เทพธิดาผ้า

嘩，呢首歌…

細個時，我阿媽經常會熄曬燈坐喺個廳飲酒…等我阿爸返嚟…
就係不停咁播住呢首歌，夾雜佢哋嘅嗌交聲同埋喊聲…

直到佢自殺死嘅嗰日，佢間房都係播住呢隻歌。
OMG

你講講吓咁都瞓得著…
呼嚕
呼嚕

喂到喇

嘶

OK
see you at 5.

蓬！
暫時安全喎
係咪佢哋首領嫌我哋太老…
賣唔到錢…

其實諗深層，我都
幾想俾人捉咗去⋯
吓⋯

你真心有病

至少有人會關心
吓，緊張吓⋯
因為咁死咗都唔
係好差我覺得⋯

吓⋯
起碼報章媒體會報，叫
話喺世上留低一啲足跡。

識你咁耐，我唔知
你原來咁諗嘢，你
冇嘢吓嘛？

原生家庭咁美滿，你又生得靚，讀書叻，係人都鍾意你⋯

我老豆老母一定想要一個好似你咁嘅女多啲。
誇咗啲呀？

其實由細到大我都好羨慕你
羨慕我？

其實生活喺充滿愛嘅環境，係咩感覺？
⋯⋯

80
80
80
120
120
痴線⋯

呀，話咁快五點，阿司機返嚟啦。

嘶

佢個車牌呢？

oh.

Little accident,
no problem.

好有鬼喎…殺咗我哋棄
屍都冇人追蹤到佢！

Get in,
No problem.

Come,
Come.

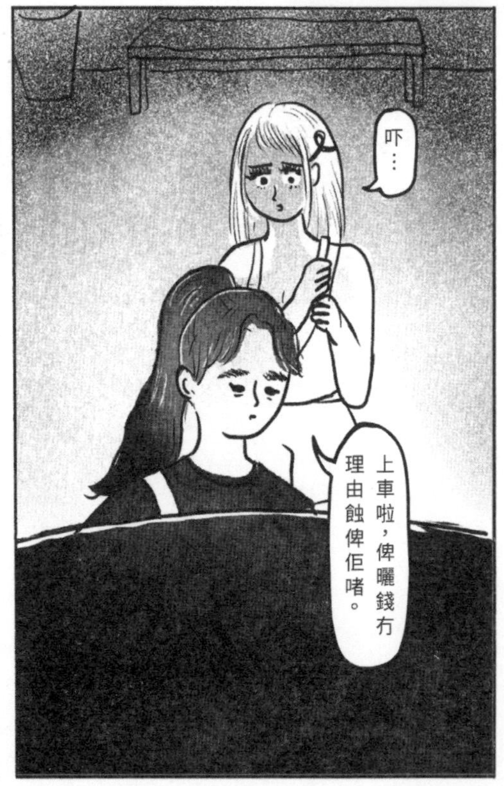
吓…
上車啦，俾曬錢冇
理由蝕俾佢啫。

有咩事咪好似成龍咁跳車囉⋯
吓⋯

點算⋯好不安。

蓬～

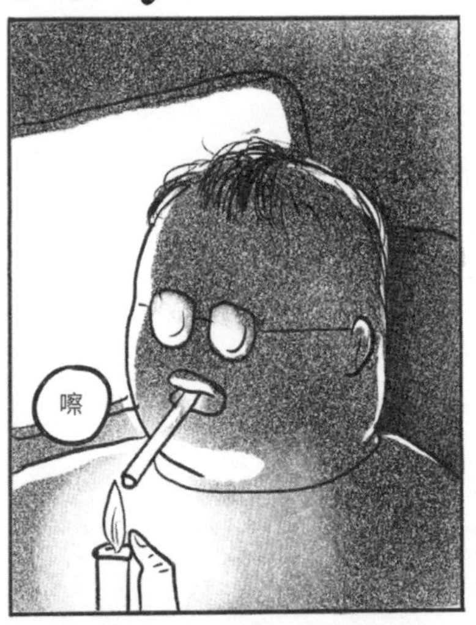
嚓

咦
做咩？

我哋好似嚟嗰陣唔係行呢條路喎！

噠噠

จะกินอะไรเย็นนี้

佢係唔係又同佢首領滙報啦…

ฉันจะถึงบ้านก่อนแปดโมง

วันนั้นที่โรงเรียนเป็นยังไงบ้าง
นั้นวิเศษไปเลย

嗯？
佢係咪食緊迷暈煙？

我好暈！

嘎…抖唔到氣…

喂！你點呀？

頂住呀！

噗！

Is she OK?

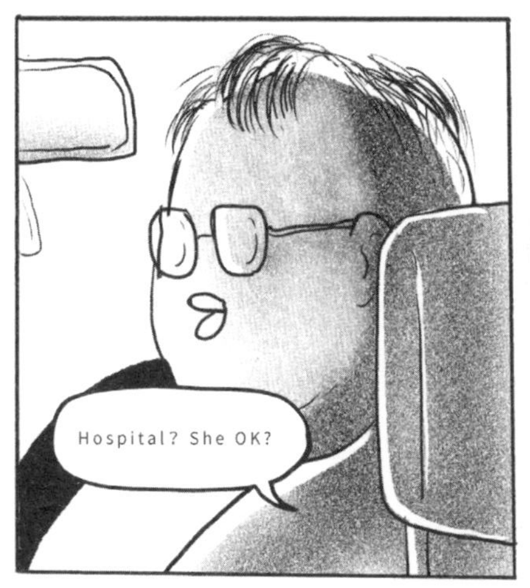
Hospital? She OK?

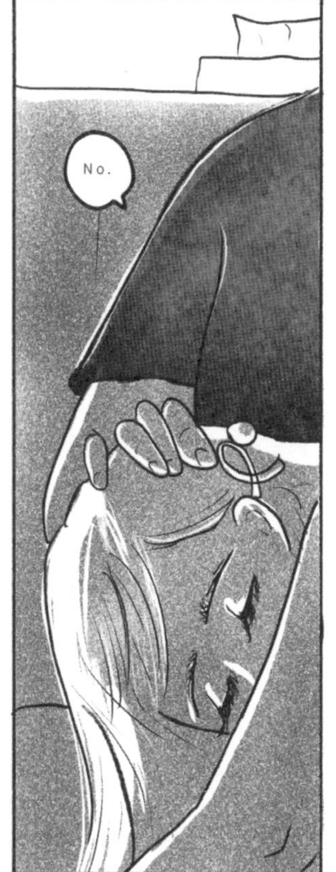
No.

Go home.

No problem.

上月喺泰國失蹤嘅兩名港人仍然下落不明…
盧愛怡

未經證實嘅消息指有不法集團
拐帶旅客去金邊地區賣淫…

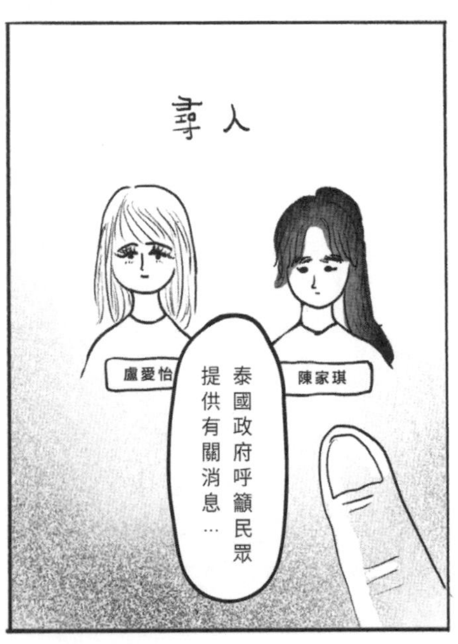
尋人
盧愛怡
陳家琪
泰國政府呼籲民眾提供有關消息…

失蹤港人盧愛怡，二十五歲，任職會計師；
另外一名港人年齡及職業不詳…

香港駐曼谷經貿辦高度關注事件，並承諾全力協助營救有關人士……

其中一位受害人家屬今日召開記者招待會…

泰譯*
老婆，呢兩個女仔就係我同你提過嘅港人，佢哋依家失咗蹤…

太可怕啦，呢度治安越來越差…

好可憐呀，家人一定好擔心…

希望佢哋冇事啦

7

嚕
嚕

เสรี รุ่งสว่าง - เทพธิดาผ้า

後人喺舊照片中尋找先人往日嘅足跡，窺探佢哋難以啟齒嘅愛恨情仇……

呢個故事令我思考我嘅digital foot print將來會用一個點樣嘅形式嚟反噬我。喺人工智能嘅洪流下，一係由依家開始喺網絡世界偽造多項deep fake foot print，假學歷假相假成就……一係就真係唔好做柒嘢，謹言慎行。

舊照片

其實我哋對親人
嘅認識有幾多？
18

咩阿爺阿嫲咩阿公阿婆嗰啲係咩人更加係無從稽考⋯
父母喺佢哋做人父母之前
根本係完全唔同嘅人嚟⋯

親情嘅概念我需要好用力咁去想像先感受得到⋯
我嘅家庭觀念好薄弱，
家族關係一向都好疏離。

話說有日，我無意中發現
阿嫲年輕時嘅一批舊相⋯
對於親戚嘅認識，
完全基於口耳相傳，而且多數
只有負面描述⋯

阿嫲後生時都唔係特別好樣，
但年輕嘅臉好飽滿，相中嘅佢
當日笑得好開懷⋯
我從來都冇見過佢笑得咁燦爛。

啲堆相攝於八十年代，
潮州汕尾一個山頭。

嗰日正正係佢喪偶嘅日子。

我未見過我呢個阿爺
喺我出世前佢已經死咗。

對佢嘅認識係靠聽家人形容佢嚟堆砌。
好似識佢，又好似唔識⋯

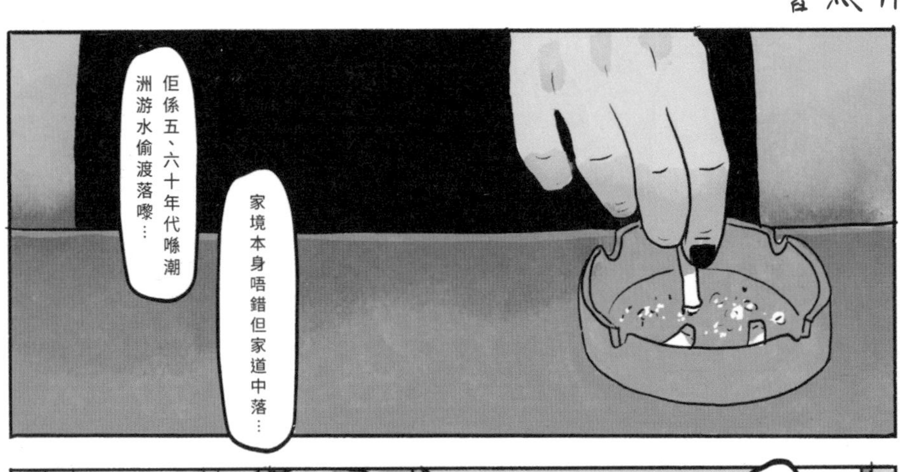
佢係五、六十年代喺潮洲游水偷渡落嚟…
家境本身唔錯但家道中落…

年輕時盲婚啞嫁後來生咗六個仔女，但佢游手好閒
迫子女少年時輟學出嚟做嘢供養佢…
但係無論家境幾困難，佢永遠都係著一副老西，官仔骨骨示人

傳說佢打老婆絕不手軟，

佢嘅口頭禪係：「收聲啦鄉下婆！你識啲咩？」

佢身上總係有一陣酒味

即使窮到飯都冇得開，佢都會買好貴嘅XO酒飲，一日一支…

發酒癲嗰時會叫全家人跪低

係屋企嘅暴君

佢死於肝硬化，終年四十八歲。
頭七嗰日，成家人都聞到佢陣酒除，知道佢返嚟。

翌日，家中嗰支未飲曬嘅XO竟無故乾塘。

但係佢對朋友好有義氣，

出曬名闊佬，喜歡借錢俾人

正所謂屋企人唔食，
朋友都要食。

佢死後卻遺下一堆債務，由後人找數⋯佢嘅故事到此為止。
富士快速冲印
FUJIFILM

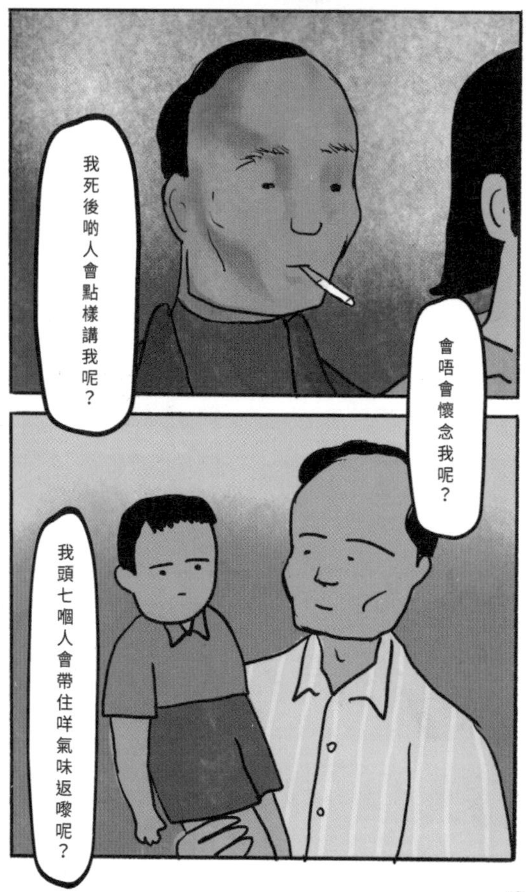
我死後啲人會點樣講我呢？
會唔會懷念我呢？
我頭七嗰人會帶住咩氣味返嚟呢？

快速冲印
FILM
我對佢嘅認知竟然係得呢啲

有啲人存在為大家帶來痛苦

逝去成為大家嘅解放…

阿嫲一生感到最自由嘅時候

就係阿爺離開人世嘅時候。
WTF?

能活出咁嘅人生其實都勁。

有時我唔敢做壞事…
唔係因為心地好，

唔係驚死後落地獄，
而係比較驚好似阿爺咁，活出一個負皮人生！

呢個係我一生人嘅惡夢

有人話…
你死後如何被人懷念就係你生命嘅意義…
所以我阿爺人生嘅意義係…
令我明白呢一切？

唔知你有冇試過以下呢幾種對話經驗：

1. 離婚人士同你講佢離婚嘅原因係佢另一半出軌
2. 被解僱人士同你講炒魷原因係佢俾人針對
3. 被人呃咗錢或感情嘅人會強調自己平時好 Smart

每次一聽到人咁講我都會立即變得警覺起來，如果喺呢啲處境之中覺得自己係完美、係 100% 受害者、係完全冇問題 並拒絕負任何責任嘅話，我都幾肯定件事未必係如佢所講咁。

同樣地當有人用一個過分正能量嘅姿態分享成功之道時，我都會非常懷疑。

而我本身就係一個會講 1, 2, 3 嘅呢種人。

成功之道

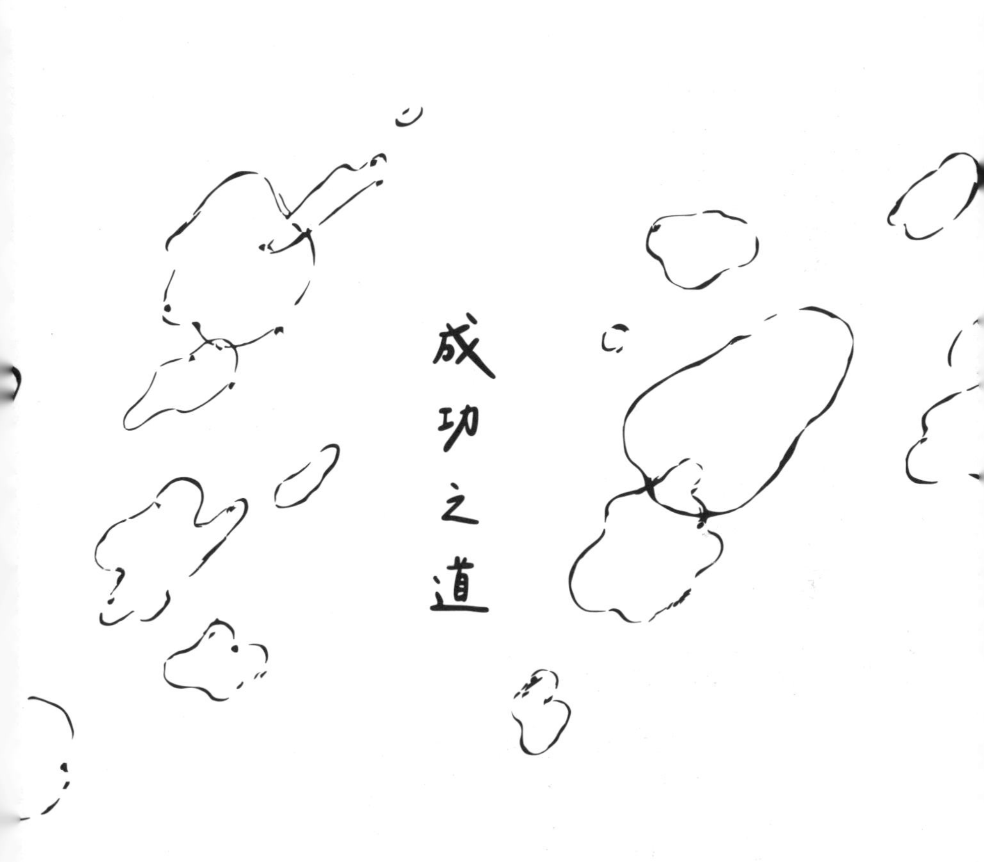

貴為上市公司主席、全球暢銷育兒書作者

同時擁有美滿婚姻，真係令人羨慕！

好多謝你抽時間上嚟同我地分享成功之道。

多謝。過獎。

你係咪細個時已經讀書好叻嘅啲嚟嘅呢？
不如由你求學時候講起吖？

當時嘅我對學問真係好渴求⋯
放學後成日約埋幾個同學仔去圖書館睇書同溫書⋯

哈哈，唔敢講話讀書好叻，但我自細已經好鍾意閱讀⋯

做學生時搵到價值觀一致嘅朋友一齊努力，對我嚟講好重要。

其它人約埋去玩去買衫嘅時候，

我就約幾個志同道合嘅書友仔溫書⋯

咁你當時除咗讀書，有冇參加咩課外活動嘅呢？

好多喎，因為我好好動，好喜歡大自然…
當時除咗係天文學會、

遠足學會會長，我仲係手球隊同排球學界代表…

需要花好多時間訓練，當時要兼顧學業同運動真係唔容易…

但係鍛鍊身心平衡對於我後
來嘅發展有關鍵性嘅影響。

原生家庭真係好重要，
我好好彩有一個溫暖
又健全嘅屋企⋯

文武雙全，你父母
一定以你為榮，
可唔可以同觀眾分享吓
你嘅原生家庭係點樣？

我爸爸真係我嘅前世情人，

由細到大我都係喺一個充
滿愛同保護嘅環境成長…

因為會同爸爸比
下去係咪呀？
就係囉。

佢對我無微不至，令我後來
搵男朋友真係好困難…

雖然喺我十四歲時，佢
因為啲事而離開咗我…

佢佢嘅教誨同精神一直都同我同在⋯⋯
佢教我做人要易地而處，站喺對方角度思考同感受。

我一早就發覺自己比同齡小朋友更加有同理心⋯⋯

通過了解他人嘅想法同感受，我哋可以喺社交場合作出恰當嘅反應。

同理心可以讓我哋與其他人建立社會聯繫⋯⋯

情緒調節非常重要，
同理他人可以幫助我哋學識調節自己嘅情緒⋯

可能大家會覺得同理心係天生嘅，

能夠令我哋好好咁管理自己嘅感受⋯

其實唔係架，係可以訓練架！

可以點樣訓練嘅呢？

例如我哋可以去公益組織做義工，

我哋可以積極咁聆聽其他人嘅心聲⋯⋯
積極同我哋唔同背景嘅人產生交集。

幫人嘅同時我哋其實自己都有得著，

無論喺個人技能、學業抑或事業上嘅發展，

都可以實現自我成長。
13:03
快d去死：)
唔好獻世

哈哈
我諗好多家庭觀眾都好想知道，點樣可以好似你咁擁有一個美滿婚姻呢？
同時又有咩建議可以俾單身嘅朋友呢？

喺婚姻當中，我認為尊重、真誠、相近嘅價值觀，係最重要嘅不變法則！

緣份嚟到嘅時候，要好好咁捉緊，唔好放手。
單身嘅朋友更加要主動努力爭取幸福！
機會係留俾有準備嘅人⋯

育兒方面你係數一數二嘅KOL，
仔仔年紀輕輕就入到mensa，有冇咩貼士俾到各位家長？

家長就係小朋友嘅榜樣，我覺得身教係最重要！
所以我會以身作則，平時喺佢面前多讀書，多行善同心存正念
而且要多陪伴，做媽媽真係一日都冇得抖！

為人父母就係犧牲小我，完成大我
但係為佢，幾辛苦都值得！

做人最緊要表裡如一，真誠待人，唔好怕蝕底；
我嘅理念就係希望培養佢成為一個正直善良嘅人。

但我哋永遠都可以選擇善良，做我哋認為啱嘅事。
冇錯雖然呢個社會好複雜，人心好險惡，

"Delulu is the solulu".

Z世代創造嘅一句格言：Delusional 幻想；Solution 解決方案。中文意思係保持樂觀態度，幻想都有可能成真。

一個超正面嘅思考方式，同時亦都係一種應對機制。

May all your delulu become trululu。

命中註定

一見鍾情嘅感覺…
原來係咁令人窒息…
10:48PM
05/09/2024
CAM 03

講出嚟好傻…
但估唔到喺交友app
真係搵到真愛…
sweet home

我知好多人實會話
我哋進展得太快…

但係搵到啱嘅
人點解要等？

但我真係覺得大家好似識咗十年咁⋯
雖然我哋識咗唔夠廿四小時，

我相信一切都係最好嘅安排⋯

講誇張啲，直情好似上一世已經識咁！

佢真係好特別，同其他男仔好唔同…

從我哋相遇嘅嗰一刻開始，
佢嘅視線就冇離開過我…

係雙向嘅…
我想佢知道
呢個感覺

嗯？

人呢？

11:02
Love yourself
冇msg嘅…

噠噠噠

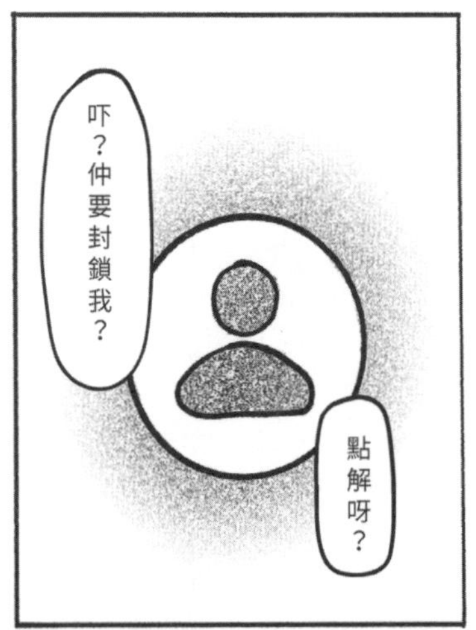
吓？仲要封鎖我？
點解呀？

定唔見咗電話？
係咪電話壞咗？

會唔會嗐日走嗰陣有咩意外？

唔通想等我緊張佢多啲？
應該唔係想玩心理戰吓嘛？

唔知係咪覺得我學歷太高，佢自卑呢？
定係掛住我但又怕阻到我做野？

如果係想同我保持距離，等我鍾意佢多啲嘅話…
你成功啦…

叮噹！
定話純粹做嘢太忙
所以冇時間搵我…

SWEET home
嚟啦…

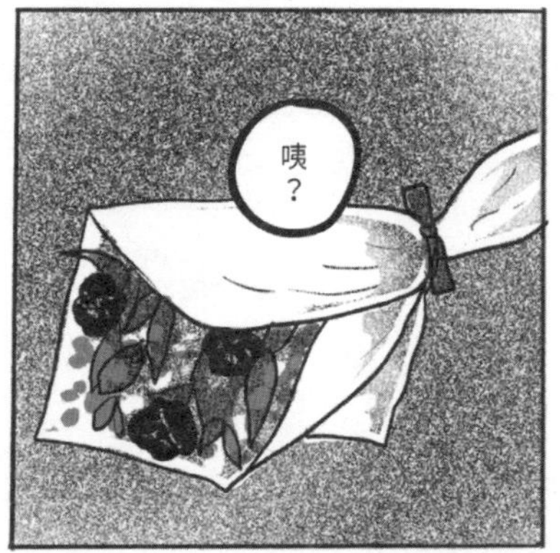
咦？

俾我嘅？邊個…

嘩

一定係佢！

係佢！

唔通想同我來一場老派約會？
所以一直唔text我！

我知啦！原來因為佢係行動派⋯

死啦，佢係咪以為我對其他人都係咁隨便，所以嬲？
抑或會唔會係其實想儲吓錢先約我，想帶我去高級餐廳？

唔通佢想求婚但又驚我嚇親？

怕我覺得佢癡身？
唔通掛住我但又怕阻到我做嘢？
定係其實狂做gym操緊大隻想俾個驚喜我？

到底點呀？！激死

諗諗吓可能真係忙緊做嘢為我地未來打拚，所以冇搵我都唔奇⋯⋯

CRIME SCENE CRIME SC
POLICE
DO NOT CROSS

節哀順變。
哦？伯母，節哀順變。
CRIME SCENE
POLICE

有心。
幫我多謝埋呢個月嚟其他送花嚟俾阿女嘅朋友。

POLICE COROON
奠

sweet home
CRIME SCENE CRIME SCENE CR
DO NOT CROSS POLICE COROON

3:05AM
06/09/2024
CAM 03

資深嘅隱形人，一早習慣自己同自己相處，
安靜咁觀察周遭發生嘅一切，並無時無刻都
同緊自己內心交戰同對話。就好似呢本書咁，
不停碎碎念直至負面情緒將你都吞噬埋。

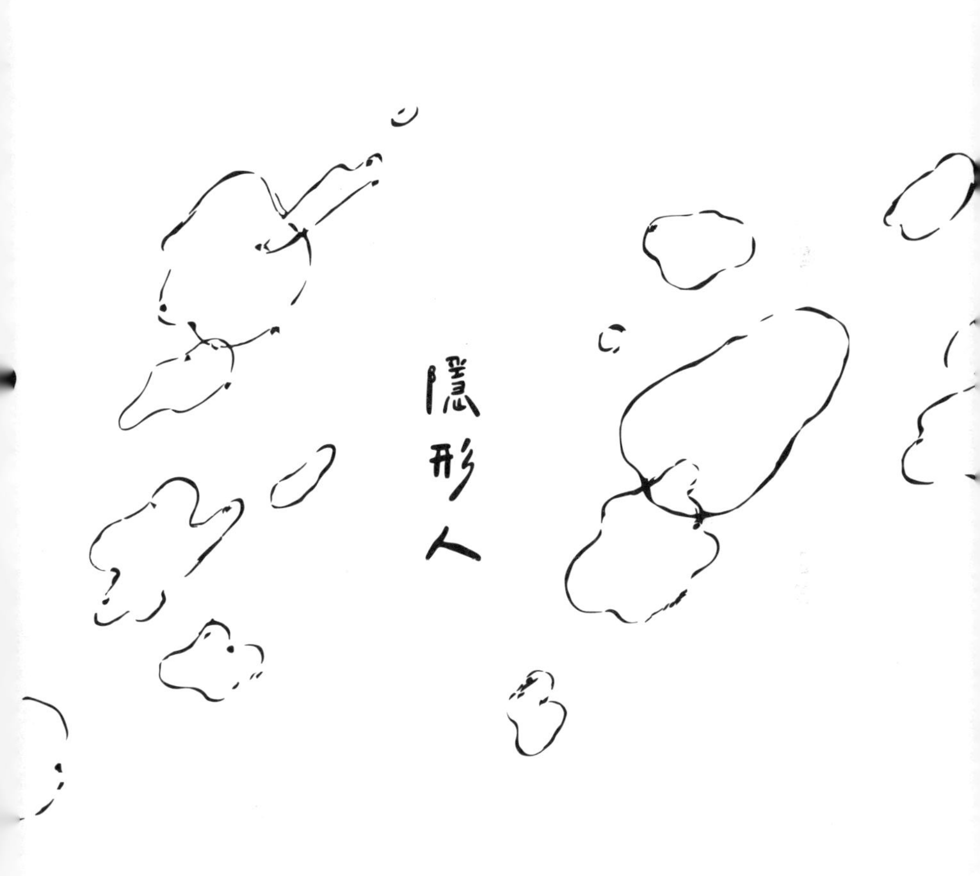

隱形人

我行喺人群中，幾乎冇人注意到我嘅存在；
被忽略同埋遺忘係我嘅本領。
我係一個隱形人

習慣冇人對我有興趣，冇人想理解我嘅想法

慢慢習慣安靜咁觀察
周遭嘅一切，同自己
內心對話⋯

啲女仔成日話要me
time我心諗⋯
我成世人都me time me time緊，唔係
me time到底係咩感覺？

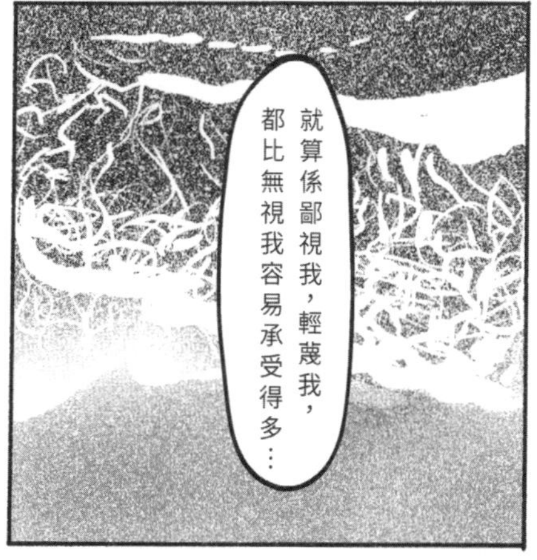
就算係鄙視我，輕蔑我，
都比無視我容易承受得多⋯

我真係好渴望有人留意到我

我細細個就知道
自己生得樣衰

姨姨。

邊似我哋乞衣女，
矇豬眼！哈哈
慧慧真係靚女，
對眼生得真係靚
因為啲大人成日都
會提醒我呢樣嘢
會make sure
我知道自己有幾醜樣。

其實我點會唔知吖？

細路仔嘅世界咪仲現實，仲直接⋯

電影或卡通中嘅主角，因為佢地嘅與眾不同，經常喺求學時被欺凌；

跟住講佢哋點樣堅強擁抱自己嘅不同，活出人生…

好不幸，我並無經歷過任何欺凌…

被人欺凌、被人討厭，
都起碼有機會成為眾人焦點…

但係整個中學階段，
我純粹係徹底地被無視

猶如一隻投唔到胎喺人間留連嘅鬼魂。

做隱形人嘅好處
係令人過目即忘
嘅呢個本領⋯
MATHS
嗶嗶
嗶嗶
喂同學！
咪走啊！

坦白從寬
我哋學校噚日得悉藥妝店報警，

話有我哋學生偷嘢⋯有冇人認咗佢？坦白從寬

坦白
小姐你睇吓認唔認到係邊位同學。

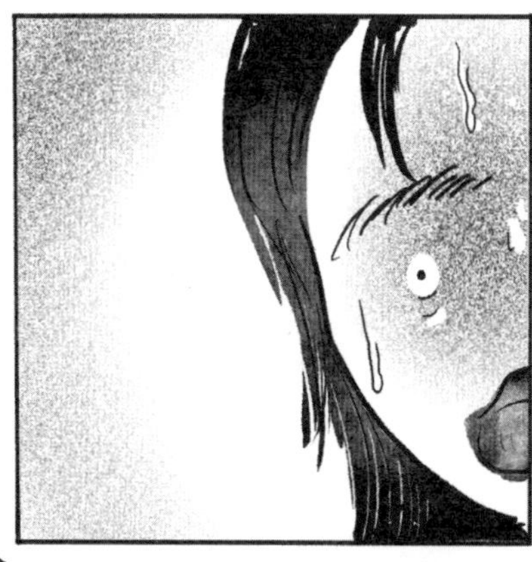

應該唔係呢班

仆街咁都唔認得

幾經辛苦都要死入大學，
SCS
BBA
Nurs
希望知識可以改變命運
送免費防曬同洗面膏俾你
OCAMP
送免費防曬同洗面膏俾你

但喺呢個需要高度社交嘅地方，
被無視嘅感覺更加明顯⋯⋯
可唔可以同你哋坐呀？
OK！
我曾經好多次鼓起勇氣去拎存在感⋯⋯
但都係走唔出被忽視嘅下場
佢哋唔係有心嘅，
只係發自內心咁睇唔到我。

踏入社會做嘢後，
嗰種被無視嘅鬱悶
開始舒緩咗少少⋯

周圍嘅人都冇再咁
重視社交需要⋯

夢想同意志都俾份工
消磨曬啦，仲講咩⋯

普通打工仔咪一樣
都係被社會無視

人生中頭一次覺得
自己並不孤單。

乜嘢狗屎垃圾，只要佢肯我都可以擺入口
到咗適婚年紀，自己知自己事，擇偶時基本上係饑不擇食。

但求有個伴啫。
我OK喎，都明白咩叫人貴自知。
你係咩人就會配對到咩人，所以我真係OK喎。

我行路返去平啲，你自己返屋企啦。
你住深水埗，呢度大窩口喎…

一直以嚟我都係一個人過生活，雖然一早習慣咗…

但依家我終於都明咩叫兩個人一齊原來可以更加寂寞。

但我仍渴望認同，渴望被關注，
渴望有一日能夠被人看見，被人關心，被人愛戴。

Gigi Chan

失戀....一個人飲酒中
有冇人出嚟陪我？

0 likes 0 comments

Gigi Chan

真係好唔開心。。。。
我只想找個人 對我說別怯慌....

Viewers

No one has seen this yet.

以前我會用假身份去換取同人溝通嘅機會⋯

但當佢哋知道咗我真人係點樣之後，就冇興趣再同我傾落去⋯

Gigi Chan

頂唔順.....好空虛 好寂寞
只想有人關心下.....
唔通咁嘅要求好過分咩？

Viewers

No one has seen this yet.

我知道外表並唔代表一個人嘅價值或者魅力，最弊我性格又有缺憾，心地又唔好…
都明嘅，如果我從第二個人角度去睇我，我都唔會鍾意我自己…

好羨慕其他女仔俾人追求，俾人渴望…呢種感覺到底係點？
嘶
DEN

我就好似一座被遺忘嘅孤島，
被浩瀚嘅大海包圍，
無法同任何人建立有意義嘅關係。
呢種孤獨感終有一日平息落嚟啦，
或者喺呢一刻我終於
受到一點點嘅關注啦

Gigi Chan

再見啦 各位
將要從被無視嘅人生之中解脫了
請恭喜我^^

0 likes
0 comments

有一單新聞令我好在意，間中都會無啦啦想起然後陷入沉思。美國路易斯安那州一對夫婦將佢哋一個癱瘓嘅女放喺梳化長達十二年，由得佢喺自己嘅屎尿中自生自滅，最終佢死時同張梳化融為一體。

喺網路上睇過呢張梳化嘅原圖之後，我一直都唔能夠釋懷，勸大家愛惜自己，請勿太好奇。

人類嗰種殘酷無情到底可以去到咩新高度，我哋永遠都唔會知，每隔一排都會有呢啲新聞令人咋舌，但我仲係未慣。將心比心，如果憎恨一個人嘅程度大到咁樣，我第一時間諗到嘅就係咁樣對我自己。

創作路上真係好想要靈感，我一直等一直等......

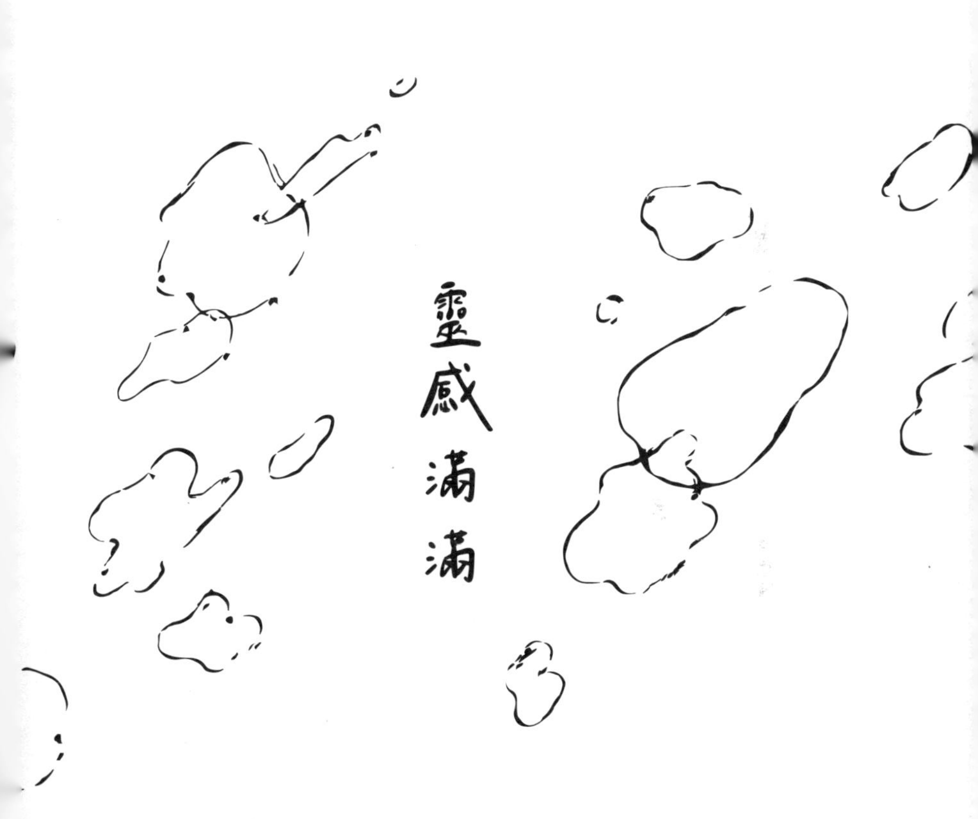
靈感滿滿

滿滿

Adobe illustrator 2019
X

射鵰英雄傳 II 金庸
射鵰英雄傳 III 金庸
HOW TO MAKE FRIENDS
黑貓 衛斯理
酒井法子
中村哲
メイク・アップ シティ
ハイフライング
繪畫比賽
季軍

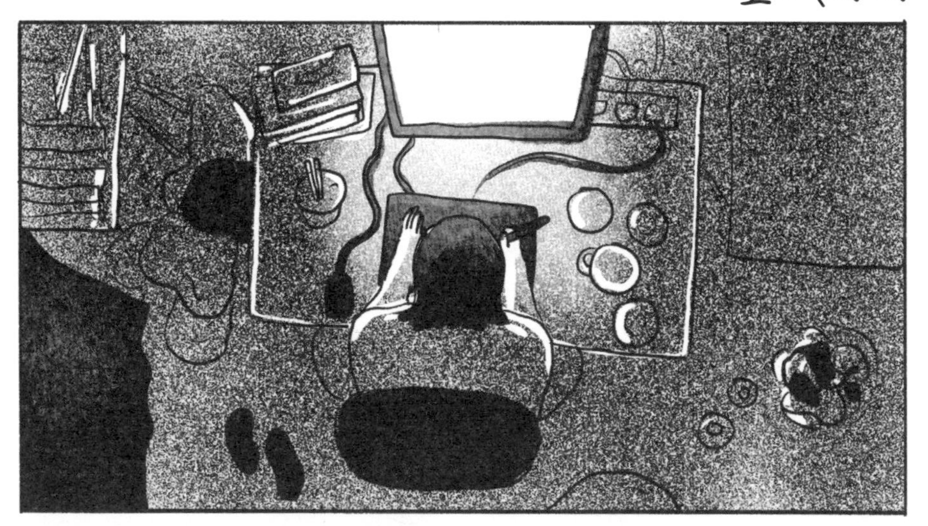

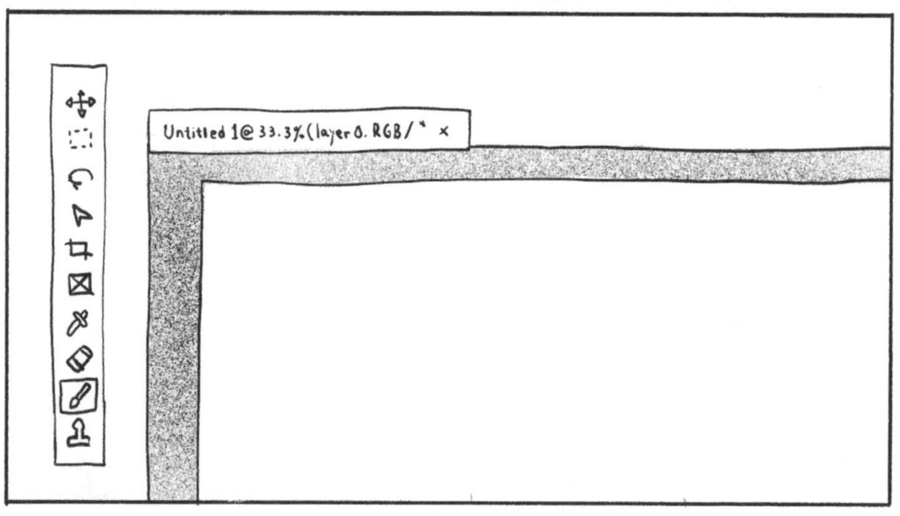
Untitled 1@33.3%(layer 0. RGB/* ×

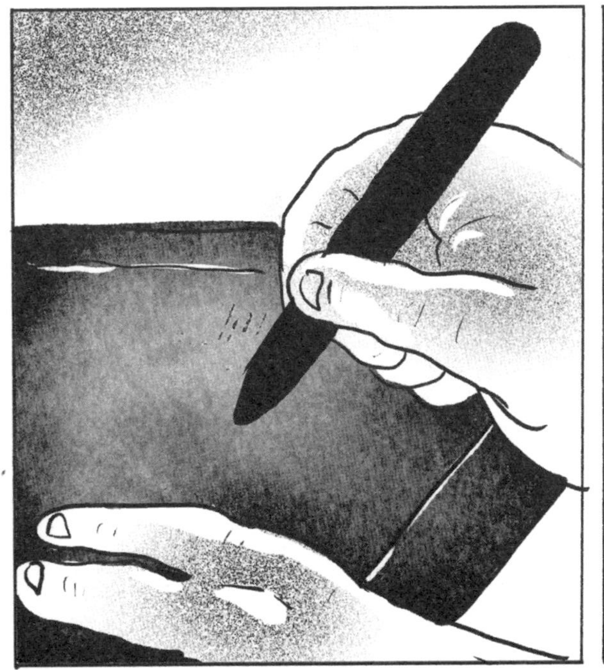

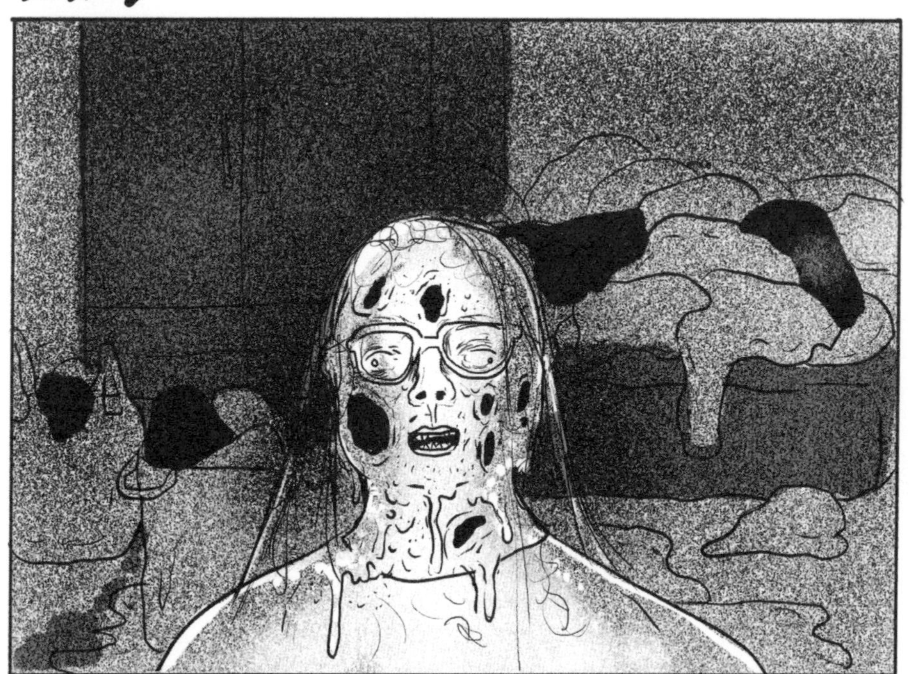

滿滿

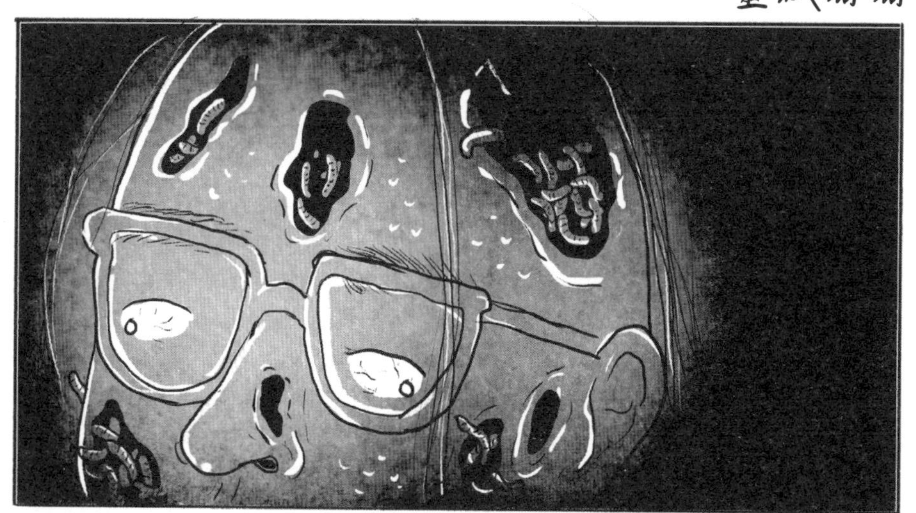

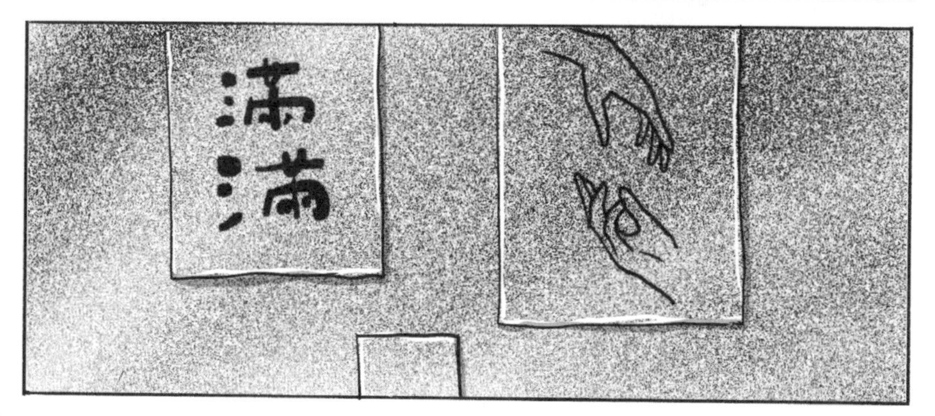
滿滿

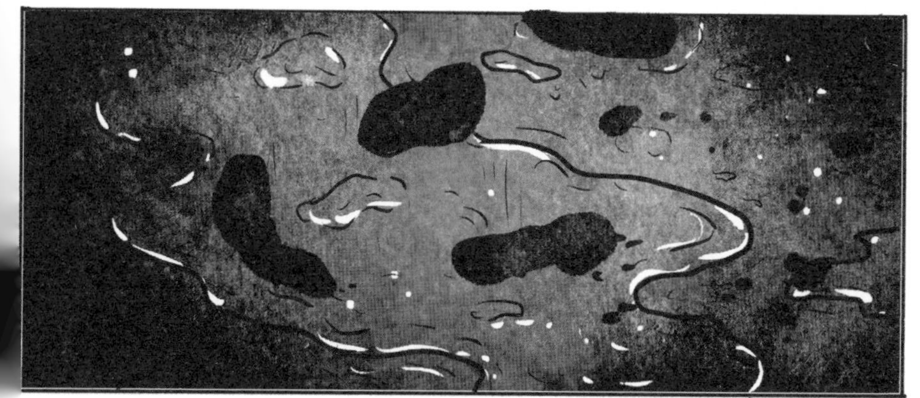

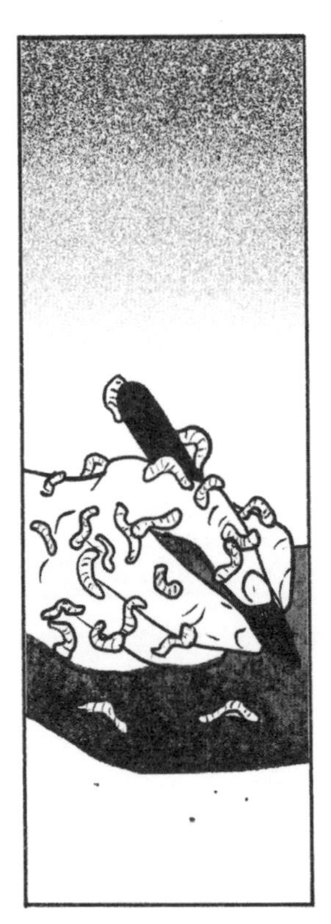

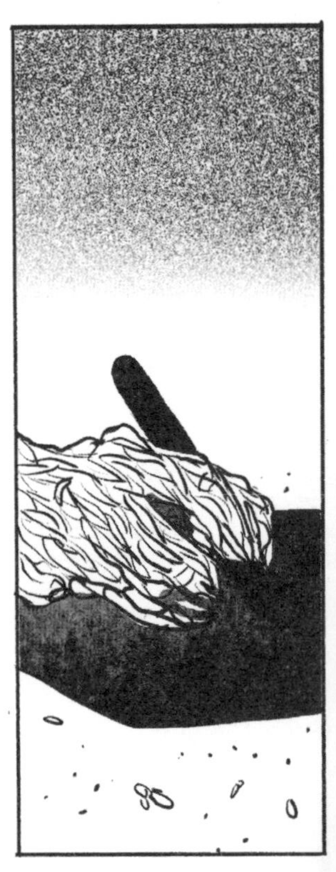

CRIME SCENE CRIME SCENE CRIME
SCENE CRIME SCENE

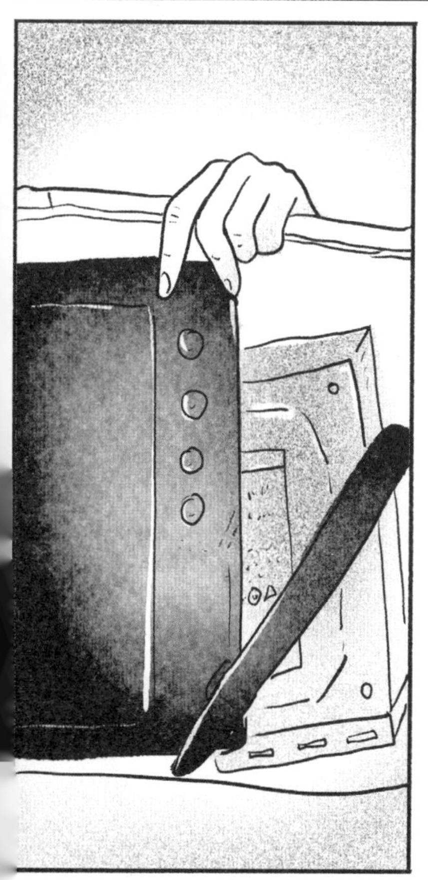

靈感滿滿

一個幸福家庭故事嘅大結局。

我對別人嘅原生家庭狀態好好奇，因為原生家庭係一個人最早接觸嘅社會環境，好多價值觀同行為模式都好受家庭成員影響，而且係一世。如果想窺探一個人嘅內心，冇嘢直接得過了解佢嘅原生家庭。

人越大越時常回望童年，因為好想知道到底係邊一個位出錯，導致自己今日嘅種種惡劣個性。當然，也不忘將自己嘅不幸同個人失敗都賴落其他人身上，因為咁樣自己會舒服好多。

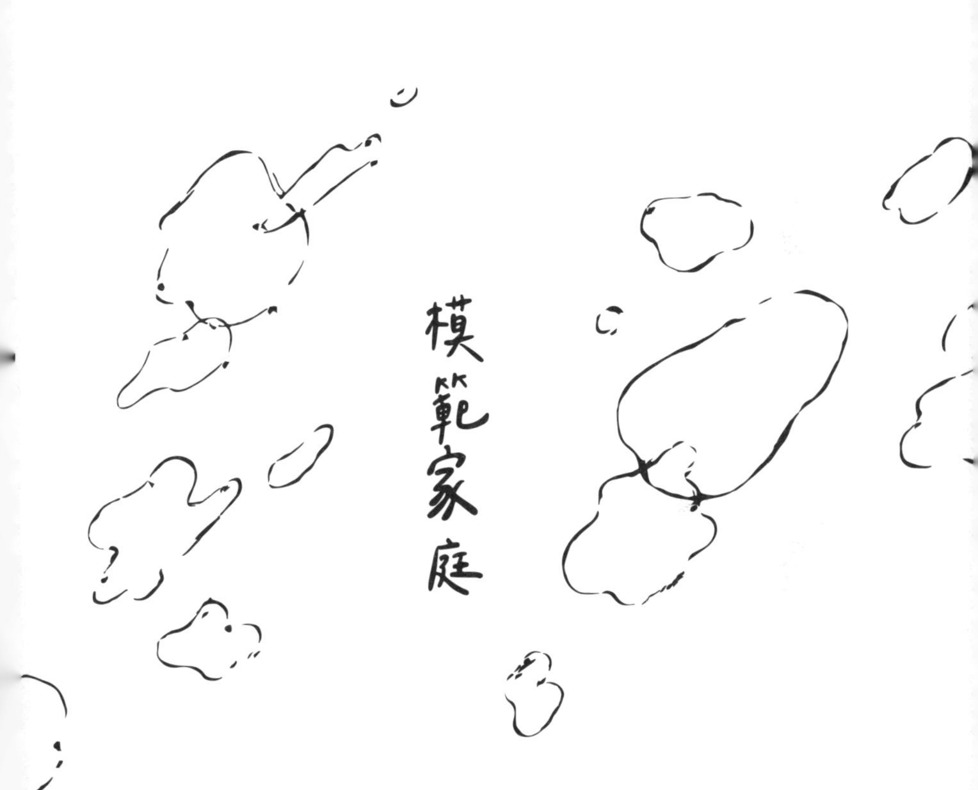

模範家庭

一家人最緊要坐埋一齊，齊齊整整食飯⋯
我哋呢個家真係好過好多人，人哋啲老公又爛滾又爛賭，
好彩我夠好，頭家先咁好！嘻嘻
係啊老公，都係你嘅功勞。

阿女，食多啲。

嘻嘻，雖然我哋窮，但我哋窮得有骨氣，窮得開心！

其他人屋企真係冇我哋咁幸福！我啲同學啲父母又離婚又盛咁⋯⋯

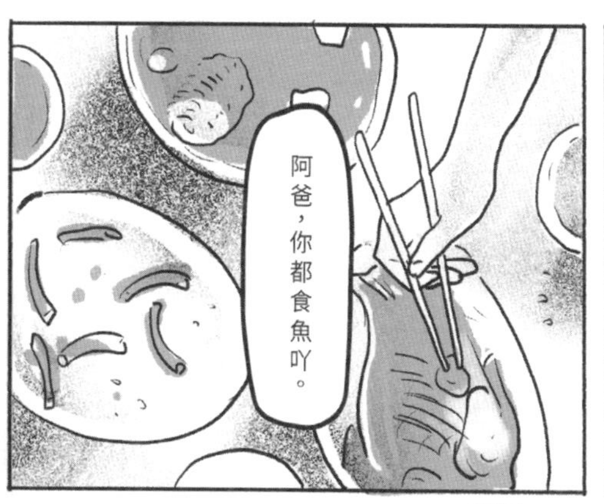
阿爸，你都食魚吖。

阿B俾我吖，阿女你專心食飯。

邊個咁夜搵
你啊老婆？
叮

咪隔離十八座羅師
奶囉，成日呻個老
公啲爛滾嘢我聽⋯

強
TODAY
你著緊咩色底褲
哎呀個46響我對面啊
？講兩句就濕曬呀？
嗰日屌得你爽唔爽先
想再大力d

唔係人人好似你老公
我咁好好先生。嘻

媽子我食飽啦，去沖涼先。
你粗身大細小心啲呀

阿女真係叻，幫你三年抱兩。

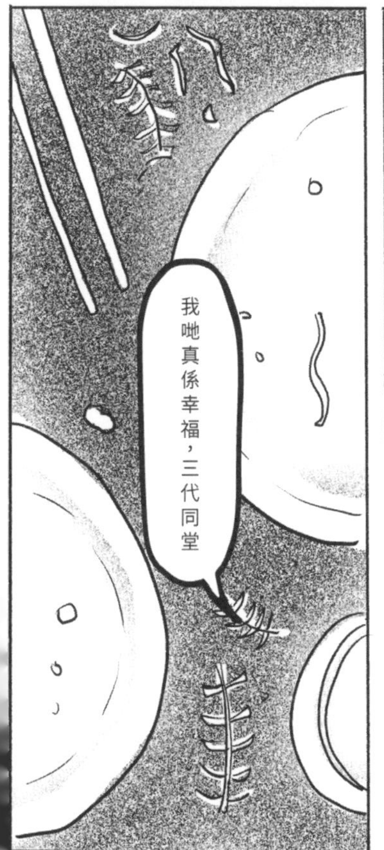
我哋真係幸福，三代同堂

係呀啲有錢佬邊有我哋咁開心……

過嚟爸爸度吖

我餵奶奶食飯先

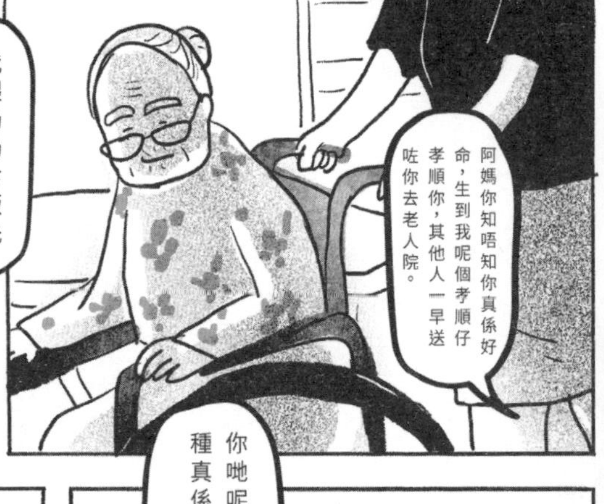
阿媽你知唔知你真係好命，生到我呢個孝順仔孝順你，其他人一早送咗你去老人院。

家有一老如有一寶

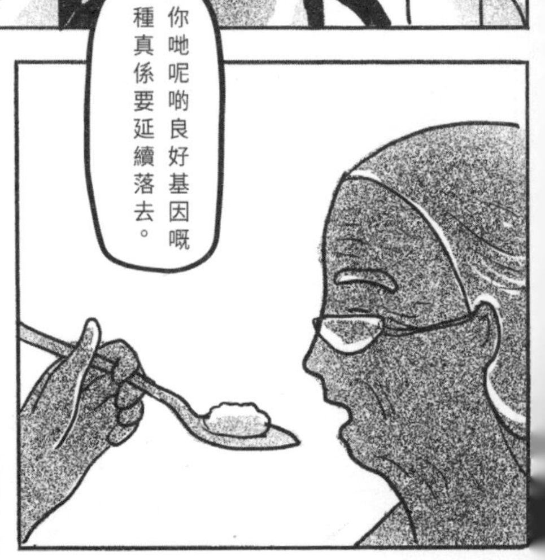
你哋呢啲良好基因嘅種真係要延續落去。

好彩有老公你咋
係呀老婆，你真係好彩你老公我咁優良基因，彌補你嘅不足。
我後生嗰陣幾多女人送上門我都唔要，
你真係前世唔知做咩好事，今世遇到我呢個好男人。

呀，阿仔返嚟啦

今日喺工場開唔開心呀

嚟，食飯先

食得斯文啲阿仔，點解你學唔到你老豆啲優雅嘢
習習習

笑啦笑啦。呀！到底似你定似我？
阿B掛住爸爸啦

BB，BB。
阿仔今日啲人工呢？拎嚟俾阿爸先啦

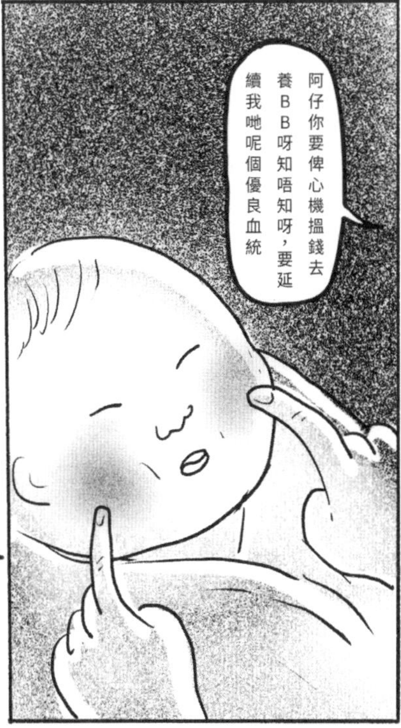
阿仔你要俾心機搵錢去養BB呀知唔知呀，要延續我哋呢個優良血統

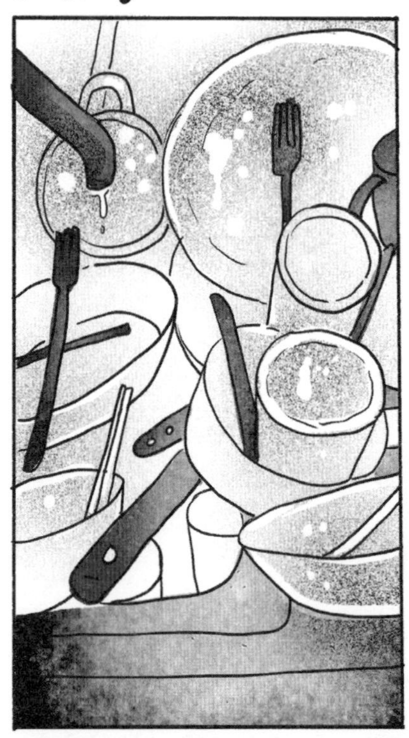

好啦熄燈瞓啦

我哋屋企真係溫馨，可以瞓喺大家側跟，你話換成千呎大屋我都唔制呀。

4E
人生過成咁真係一大成就
憑我一己之力，孕育出咁多生命……造福呢個世界
做老豆真係偉大，放棄自己人生成就其他人嘅人生。

早抖阿媽

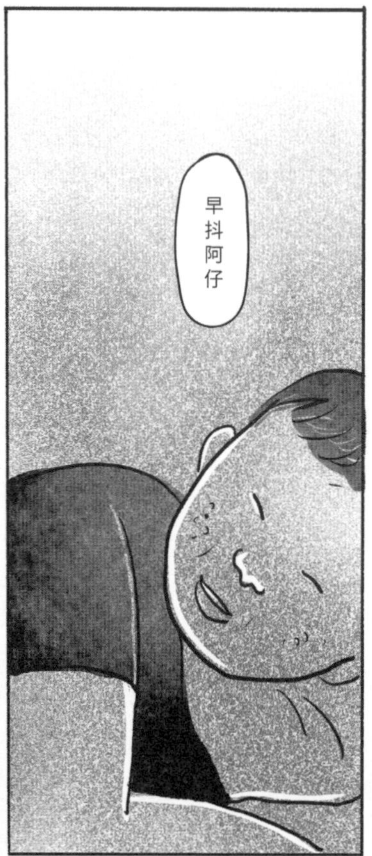
早抖阿仔

早抖阿女

早抖老婆

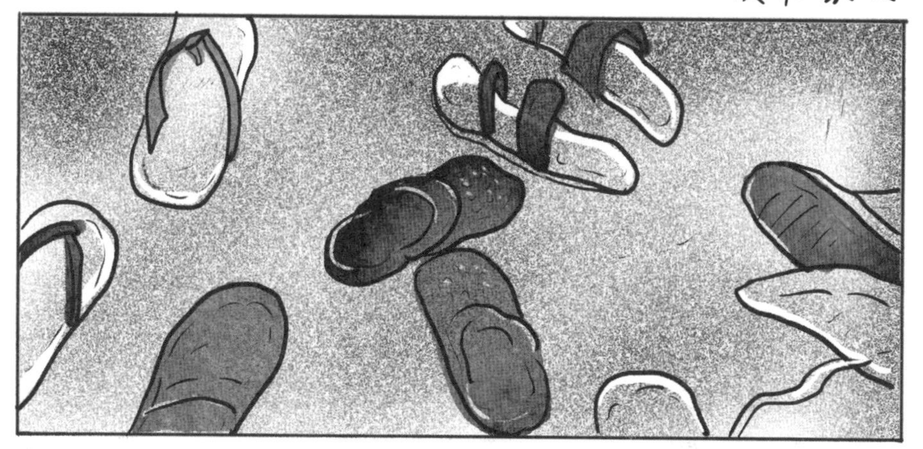

早抖

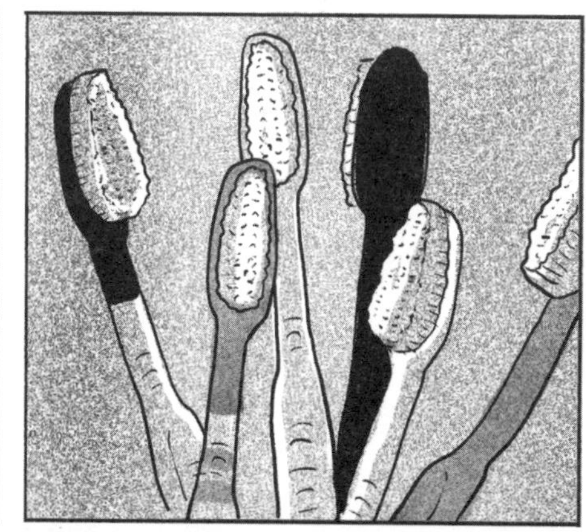

孔子說三十而立。而33歲，西方社會叫做Jesus Year，耶穌釘上十字架的年紀剛好就是33歲，所以西方世界相信，33歲呢一年你正做緊嘅事，將決定你呢一生嘅面貌。

但如果有人同你講，呢年係你人生中最後一年，你會點？

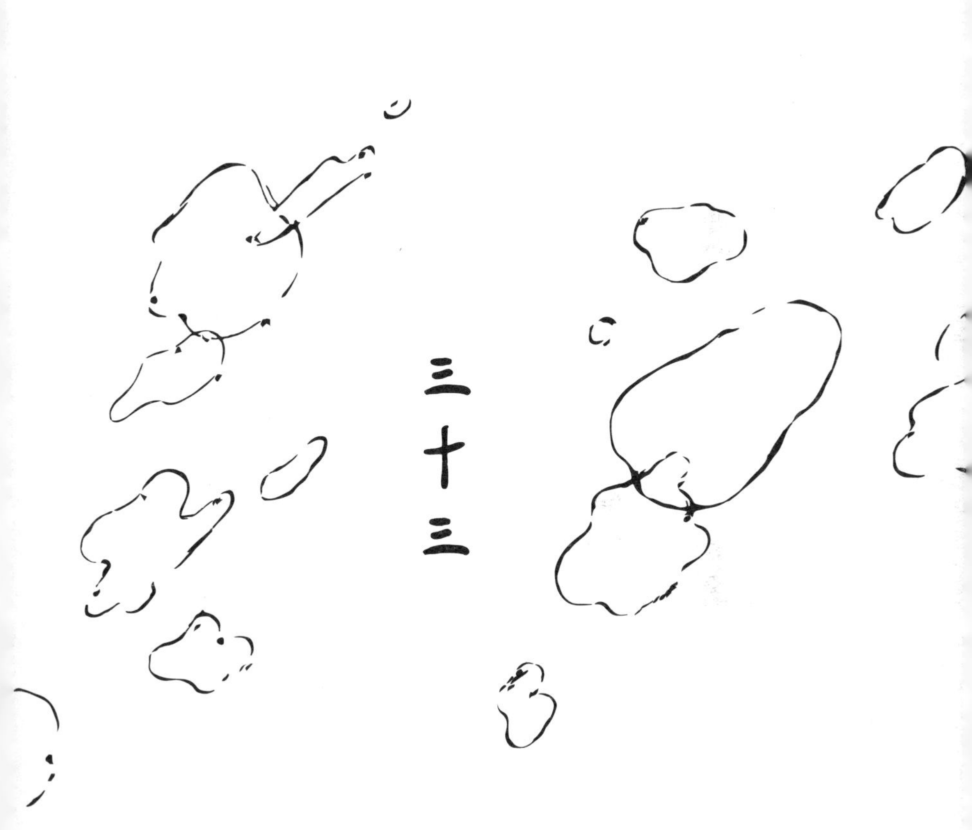

三十三

我今年32歲，

睇相佬話我得33歲命。

呢個消息猶如一個佳音。
但對於活喺痛苦之中嘅人嚟講，

正常人一聽都唔會接受到

三十三

當我知道痛苦同悲傷原來有個限期之後，

我嘅價值觀同時間觀都受到衝擊…

突然之間，肉體上同精神上好神奇地冇再咁痛…

我更加想認真咁記住每一個官能感受

強風吹拂頭髮同臉龐⋯
我心跳加快，大腦釋放多巴胺
生命真係美好嘅錯覺。
令我有一種
學

畢生嗰雞碎咁多嘅儲蓄，突然之間變得鬆動起來
我用曬佢嚟睇呢個世界
遊歷嘅經歷，完全顛覆我對世俗嘅認知
所有從前認為係危險嘅事我都唔再怕，呢種無懼令我得到內心平靜。

餘下一年命，
我對愛情再冇抱有
無謂嘅執著同期盼
喺呢個心態之下，

唔需要任何忌諱同保留，
令我第一次用純粹嘅心去享受人與人之間嘅交流同互動，

呢種滿足感前所未有。

面對自己嘅創傷，正視自己嘅喜惡⋯⋯

好多人臨終前好鍾意回顧自己嘅一生

幾多功、幾多過、
幾多遺憾…

我從來都冇好似依家咁正視過當下感受同處境

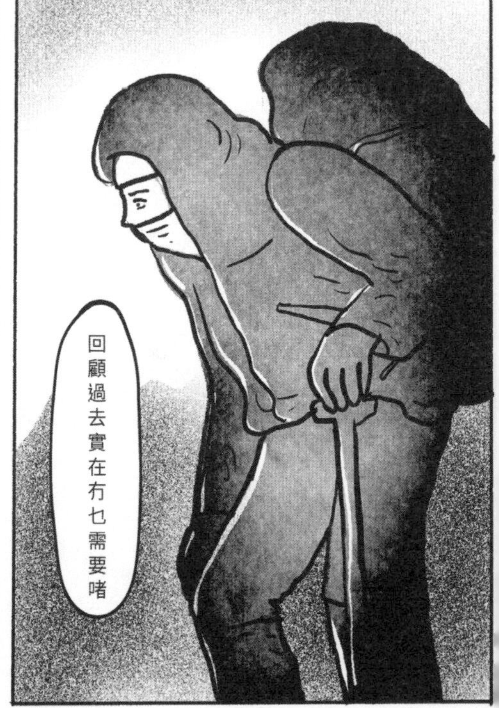
回顧過去實在冇乜需要啫

普通人一個，寫下嘅歷史
根本就冇任何參考價值

但如果你問我仲有咩牽
掛同未解決嘅矛盾⋯⋯
我諗就係要徹底咁清除
曬自己啲數位足跡，
對話⋯⋯留言⋯⋯相片⋯⋯
影片⋯⋯想法⋯⋯通通消失
咁我就放心曬啦。

睇相佬，
屌你老味。
但都多謝你。

書名	瑠璃夢
作者	謝曬皮
責任編輯	肥佬
校對	Patty
出版	格子有限公司
	香港荔枝角青山道 505 號通源工業大廈 7 樓 B 室
	Quire Limited
	Unit B, 7/F, Tong Yuen Factory Building,
	No.505 Castle Peak Road, Lai Chi Kok, Kowloon, Hong Kong
印刷	嘉昱有限公司
	香港九龍新蒲崗大有街 26-28 號天虹大廈七樓
版次	2024 年 7 月香港第一版第一次印刷
國際書號	ISBN 978-988-70532-5-5